Raiponce

Une journée
mémorable

PRESSES AVENTURE

© 2013 Les Publications Modus Vivendi inc. pour l'édition française.
© 2013 Disney Enterprises, Inc. Tous droits réservés.

Presses Aventure, une division de
Les Publications Modus Vivendi Inc.
55, rue Jean-Talon Ouest, 2ᵉ étage
Montréal (Québec) H2R 2W8
CANADA
www.groupemodus.com

Publié pour la première fois en 2011 par Disney Press
sous le titre original *Rapunzel A Day To Remember.*

Éditeur : Marc Alain
Traduit de l'anglais par Karine Blanchard

Dépôt légal : Bibliothèque et Archives nationales du Québec, 2013
Dépôt légal : Bibliothèque et Archives Canada, 2013

ISBN 978-2-89660-653-5

Nous reconnaissons l'aide financière du gouvernement du Canada par
l'entremise du Fonds du livre du Canada pour nos activités d'édition.

Gouvernement du Québec — Programme de crédit d'impôt pour l'édition
de livres — Gestion SODEC

Imprimé en Chine

Raiponce

Une journée mémorable

Écrit par Helen Perelman
Illustré par le Studio IBOIX

Chapitre un

Raiponce soupira de contentement tandis qu'elle déambulait dans un village charmant.

Ses très, très, très, très,
très, très, très longs
cheveux dorés brillaient
dans la lumière du soleil;
quelques fillettes du
village avaient coiffé
ses longues mèches
en une épaisse tresse.

Les cheveux ainsi remontés, Raiponce pouvait explorer librement ce nouvel environnement. Elle était accompagnée de son caméléon, Pascal, d'un voleur appelé Flynn Rider, et de Maximus, un cheval de la garde royale.

Raiponce ouvrit grand
les bras et tourna sur
elle-même. Elle était si
heureuse de faire une
promenade. Elle avait
passé sa vie enfermée
dans une tour, avec
pour seule compagnie
Pascal et Mère Gothel.

Mère Gothel lui avait
toujours répété que la vie
à l'extérieur comportait
de nombreux dangers;
elle l'avait donc toujours
empêchée de sortir.

Mais cette fois, Raiponce
avait décidé de s'éclipser
pendant que Mère Gothel
était absente.

– J'adore ce village !
s'écria-t-elle. Il y a tant
de gens ici. Et ils semblent
heureux et avenants,
ajouta-t-elle en
parcourant des yeux la
scène qui s'offrait à elle.
Mère Gothel avait tort
de me mettre en garde
contre cet endroit.

Elle m'a toujours dit
que les villageois
n'étaient pas gentils !

Pascal s'agrippa à l'épaule
de Raiponce. S'il n'en
tenait qu'à lui, Raiponce
et lui seraient restés
bien sagement dans la
tour. Il n'était pas très
à l'aise avec toute cette

11

aventure. Il n'aimait pas s'éloigner de la maison.

– Vous ne sortez pas beaucoup, n'est-ce pas ? demanda Flynn en soulevant un sourcil.

– Non, répondit Raiponce, visiblement emballée. Pas beaucoup.

Son idée de quitter

la tour pour quelques

jours lui semblait encore

meilleure qu'elle l'avait

cru possible. Bien

que Mère Gothel l'ait

mise en garde contre

Flynn, Raiponce croyait

pouvoir lui faire

confiance.

Elle se tourna vers Flynn,
qui, lui, jetait un œil
par-dessus son épaule.
Il y avait dans tout le
royaume des affiches
avec sa photo portant la
mention *RECHERCHÉ*;
il devait être
très prudent.

Il était recherché pour
son dernier méfait :
il avait volé une
couronne royale.

Le village n'était donc
pas le meilleur endroit
où se balader, mais il
avait conclu une entente
avec Raiponce. Il s'était
présenté dans sa tour,

et elle l'avait fait
prisonnier. Il croyait
pouvoir l'amadouer
avec son charme,
mais Raiponce n'avait
rien à faire de son joli
minois et de son sourire
dévastateur – du moins,
lui croyait qu'il l'était.

Raiponce avait plutôt
caché la couronne volée
et lui avait demandé
de l'emmener voir les
lanternes qui brillaient
dans le ciel chaque
année, le soir de son
anniversaire.

Si Raiponce tenait

sa promesse, Flynn

récupérerait bientôt

la couronne. Il la regarda

danser avec quelques

villageois dans la rue.

« C'était une bonne

affaire », pensa-t-il.

Quoiqu'il se serait bien passé du coup de poêle qu'il avait reçu sur la tête en entrant dans la tour !

Maintenant, Raiponce explorait le village tout près du palais royal.
Elle se retourna et vit Maximus à l'arrière du groupe.

19

– Allez, viens, Max, dit-elle. Je suis certaine que je pourrai te trouver une belle carotte, ici.

Maximus grogna de plaisir. Il ne savait plus trop comment il s'était retrouvé dans cette expédition, mais une collation lui ferait le plus grand bien.

Maximus s'était appliqué
à remplir son devoir,
c'est-à-dire poursuivre
Flynn et la couronne
volée. Puis il avait
rencontré Raiponce;
elle lui avait confié que,
chaque année, le soir
de son anniversaire,
elle voyait le ciel depuis

sa haute tour et se demandait pourquoi y dansaient toutes ces lumières. Son plus grand rêve était de voir ces lanternes de ses propres yeux et de découvrir quelle était cette étrange tradition.

−Je n'arrive pas à croire
qu'il y ait tant de
boutiques ! s'exclama
Raiponce en parcourant
les trottoirs décorés
des drapeaux royaux.
Une boulangerie,
un magasin de vêtements
et… Regardez !
Une librairie !

– C'est un village, dit
Flynn en soupirant.
Il y a toujours des
boutiques dans les
villages. Vous voulez
acheter quelque chose ?
Il nous reste un peu de
temps. Vous voulez visiter
l'une de ces boutiques ?

–Hum… hésita
Raiponce.

Elle tapota son menton
du bout de son doigt.
Elle n'avait jamais fait
les boutiques. De temps
à autre, Mère Gothel lui
apportait de nouveaux
vêtements, un livre ou
de la peinture, mais

Raiponce n'avait jamais mis les pieds dans un magasin.

Elle n'avait jamais cru possible qu'elle puisse entrer dans une boutique et choisir elle-même ce qu'elle voulait !

Au coin de la rue,

un homme se tenait à

côté d'un long

présentoir à légumes.

Raiponce y vit un gros

paquet de carottes.

Quand l'homme

aperçut Raiponce,

il lança avec entrain :

– Vous voulez de beaux
légumes frais ? De beaux
légumes, frais de ma
ferme ! Les meilleurs
de tout le canton !

L'homme n'avait rien
vendu de la journée,
alors il faisait de gros
efforts pour mousser sa
présentation. De son

côté, Raiponce n'arrivait
pas à croire qu'on lui
offre des légumes aussi
gentiment. Elle rougit.

– Vous êtes bien aimable,
dit-elle. Je crois bien
que mon ami Maximus
serait très heureux
d'avoir une carotte.
Merci beaucoup.

– Voilà, mademoiselle,
dit l'homme en lui
donnant une carotte.

– Merci, mon cher
monsieur, répondit-elle
en tendant la carotte
à Maximus.

Le cheval ne se fit
pas prier pour avaler
sa collation, heureux
que Raiponce ait tenu
parole. Bien qu'il
connaissait Raiponce
depuis peu de temps,
il l'avait aimée
dès le premier
instant.

– Quand je fais une promesse, je la respecte toujours ! dit Raiponce en grattant le long nez du cheval.

Puis elle reprit son chemin. Elle ne s'était pas rendu compte qu'elle devait payer la carotte qu'elle avait prise !

33

Elle croyait que
le fermier avait
simplement voulu
être aimable.

Flynn aperçut le
sourire du marchand se
transformer en grimace.
De toute évidence,
il voulait être payé.

Maximus lança à Flynn un regard lourd. Il savait que ce dernier était un voleur, mais il ne tolérerait aucun acte de ce genre sous ses yeux.

En voyant la réaction du cheval, Flynn comprit qu'il devait payer lui-même pour la carotte.

Il glissa quelques pièces
dans la main du marchand
sans que Raiponce ne s'en
aperçoive, puis il courut
la rejoindre.

– Je savais que Mère Gothel avait mal jugé ces gens, dit-elle. Cet homme est si gentil d'avoir donné une carotte à Maximus !

– Oui, c'était très aimable de sa part, dit Flynn en souriant intérieurement.

«Cette fille
a assurément
été enfermée
dans sa tour trop
longtemps», se dit-il.

— Il y a tant de choses
à voir ! s'écria Raiponce.
Venez ! Allons voir ce
qui se trouve de ce côté.

Flynn se tourna vers Maximus et souleva les sourcils. Il n'avait jamais vu quelqu'un être aussi emballé de parcourir un village.

Pascal capta l'échange et vira au rouge; ce Flynn ne lui inspirait rien de bon.

Chapitre deux

Raiponce arriva devant une galerie d'art et s'arrêta, stupéfaite. Elle n'en croyait pas ses yeux.

Les tableaux suspendus
dans la vitrine étaient
tous plus jolis et plus
colorés les uns que les
autres. On y voyait des
chutes magnifiques,
des plages inspirantes
et de majestueuses
montagnes.

—Regardez! dit Raiponce
en se tournant vers ses
compagnons. Avez-vous
vu ces tableaux?

Elle fit signe à Max et à
Pascal de la suivre, puis
elle se tourna vers Flynn.

—Entrons! dit-elle en
ouvrant la porte.

Avant que Flynn

ne puisse répondre,

Raiponce était entrée

dans la galerie. Le jeune

homme se tourna

vers Maximus.

–Nous reviendrons

dans un instant,

dit-il.

Maximus avança son museau. La grande vitrine lui permettrait de garder un œil sur Raiponce et Flynn.
Il se tint bien droit, montant la garde.

Dans la boutique, Raiponce sentit l'odeur de la peinture fraîche.

– Un artiste doit être
à l'œuvre, dit-elle en
arpentant la pièce. Ces
tableaux sont superbes.

– Bonjour ! appela une
voix. Je peux vous aider ?

Un petit homme aux
cheveux noirs en bataille
sortit de derrière un

rideau, son tablier
couvert de peinture.
Il tenait une palette de
couleurs d'une main et,
de l'autre, un pinceau.

Raiponce se retourna
vivement. Sa longue
tresse fit tomber un
tableau.

Heureusement,
Flynn était juste
à côté et rattrapa
la toile de justesse.

—Bonjour, dit Raiponce en
s'avançant vers l'homme.
Je m'appelle Raiponce
et voici mon… enfin,
voici Flynn Rider
et mon ami Pascal.

Nous passions devant
la galerie et je n'ai pu
m'empêcher de venir
admirer ces œuvres.
En êtes-vous le créateur ?

—Eh bien… dit l'homme
en rougissant. Je suis…
Je vous remercie. Je suis
heureux que vous soyez là.

—Est-ce vous qui avez peint tous ces tableaux ? demanda Raiponce, ses grands yeux verts brillant d'admiration. Il doit y en avoir des centaines !

—En fait, il y en a encore d'autres dans l'arrière-boutique, dit l'homme

en souriant, avant de
tendre la main à la jeune
fille. Je me présente,
je m'appelle Roberto.

–Je suis très heureuse de
faire votre connaissance,
dit sincèrement
Raiponce. Je n'ai jamais
rencontré un autre
artiste.

–Ah ! dit Roberto en riant. Alors, vous êtes aussi une artiste ?

–Oui, dit-elle.

–Et vous ? demanda Roberto en se tournant vers Flynn.

– Oh, non, je ne suis pas un artiste, dit Flynn en offrant ce qu'il croyait être son sourire de gala. Je me contenterai d'être le modèle, ajouta-t-il en se regardant dans un miroir suspendu au mur devant lui, replaçant

du même coup une
mèche de cheveux.
Je suis reconnu pour
mon allure du tonnerre,
conclut-il en bombant
le torse, les mains posées
sur les hanches.

– Ah bon ? dit Raiponce.

Flynn se passa une fois
de plus la main dans
les cheveux. Il fit mine
d'ignorer le commentaire

de Raiponce. Au même
moment, Pascal sauta
sur l'épaule de Flynn et
fit un grand sourire.
Si Raiponce avait
besoin d'un modèle,
ce devrait être lui !

Raiponce ne remarqua
pas la pose de Pascal.

Elle était absorbée dans la contemplation du mur arrière de la galerie de Roberto. De longues étagères étaient remplies à craquer de matériel d'artiste. Deux grandes caisses de bois étaient pleines à ras bord de pinceaux.

Raiponce se pencha au-dessus d'une des boîtes et prit un pinceau en biseau.

— Vous êtes chanceux d'avoir autant de pinceaux et de couleurs, dit Raiponce à Roberto. Je n'en avais jamais vu une telle quantité auparavant.

—Oui, j'en possède beaucoup, admit Roberto. Je rêvais de diriger ma propre école d'art, mais je n'ai jamais eu d'élèves... Alors j'essaie seulement de vendre mes propres œuvres.

—Une école d'art ? demanda Raiponce, confuse.

—Mais oui, une école, vous savez? expliqua Roberto. Pour enseigner les rudiments de l'art et de la peinture.

—Wow! s'écria Raiponce, les yeux écarquillés.

Pascal s'affaissa sur l'épaule de Flynn. Cette incursion dans la galerie s'annonçait plus longue qu'il ne l'avait prévu.

– Alors, vous êtes autodidacte ? Vous avez tout appris par vous-même ? s'exclama Roberto.

−C'est qu'elle avait beaucoup de temps libre avant de me rencontrer, dit Flynn en souriant.

−J'ai quand même réussi à vous capturer à mains nues, rétorqua Raiponce.

—Avec l'aide de vingt
mètres de cheveux et d'une
poêle ! se défendit Flynn.

Raiponce roula les yeux.
Elle se retourna vers
Roberto.

—Je vous en prie, dit-elle.
Je n'ai pas beaucoup de
temps aujourd'hui, mais

j'aimerais vraiment que
vous me donniez
un cours.

–C'est merveilleux !
s'écria Roberto. Je serais
heureux de vous offrir
une leçon gratuite !

– Vraiment ? s'exclama Raiponce en tapant des mains. Flynn, Pascal, vous avez entendu ça ? Je vais avoir un vrai cours d'art !

– J'ai compris, dit Flynn. Alors, c'est moi que vous allez peindre, ajouta-t-il, sûr de lui.

–Peut-être bien, dit Raiponce d'un air espiègle. N'est-ce pas merveilleux ? dit-elle en se tournant vers Pascal. J'aurai la chance d'être conseillée par un vrai peintre, un véritable artiste !

–Laissez-moi aller chercher des toiles, dit Roberto.

66

Je n'ai jamais eu d'élève aussi enthousiaste !

Puis, en un éclair, il se glissa derrière le rideau.

— Je savais que cet endroit était spécial, dit Raiponce à Flynn. Merci de m'avoir emmenée ici.

Flynn sourit et acquiesça.

Il assumait pleinement
la responsabilité de
l'expédition, d'autant
plus que Raiponce
semblait si heureuse.
Elle était pour lui un
véritable mystère.
Cette journée semblait
pleine de promesses,
après tout.

Chapitre trois

Roberto courait dans la boutique, attrapant au vol des couleurs et des pinceaux.

–Ce sera une leçon
parfaite ! murmura-t-il.
Le temps est idéal, le ciel
bleu, les arbres en fleurs…

–Excusez-moi, Roberto,
intervint Raiponce.
Est-ce que je peux
vous aider ?

Roberto s'arrêta. Il avait une pile de toiles sur la tête, et les mains pleines de pinceaux et de tubes de peinture.

– Oui, merci, dit-il en lui tendant les pinceaux. Il y a une caisse en bois sous l'armoire. Pourriez-vous y glisser ces pinceaux ?

Nous pourrons ainsi tout transporter dans la clairière.

–Une leçon d'art à l'extérieur ? dit Raiponce, souriante, en déposant les pinceaux dans la boîte. Quelle chance ! Qu'en dites-vous, Flynn ?

Flynn était à moitié
endormi, bien étendu
dans le fauteuil de
Roberto, les cheveux sur
les yeux. Pascal le réveilla
d'un coup de langue
bien appuyé.

– J'ai tout compris !
lança-t-il en sursautant.

J'essayais simplement de me reposer afin d'être à mon meilleur pour mon portrait.

Le caméléon soupira.
Flynn n'avait-il pas
compris que c'est lui
que Raiponce allait
prendre pour modèle ?
Après tout, c'était lui,
son fidèle ami depuis
des années.

Rien à voir avec ce blanc-bec qui venait de faire son apparition dans le décor !

—On verra bien, répondit Raiponce à Flynn. Je déciderai une fois rendue dans la clairière. Je verrai comment je me sens.

Finie, l'obscurité de
la tour ! ajouta-t-elle
en prenant Pascal dans
ses mains. J'ai si hâte
de sentir le soleil sur
mon visage pendant
que je peins !

– Attendez… dit Roberto
en s'arrêtant brusquement.

Vous n'avez jamais peint à l'extérieur ? Ma chère, vous craquerez pour cette lumière, la façon qu'a le soleil de donner vie à la clairière... C'est absolument magnifique ! Nous sommes chanceux, c'est le plus beau moment de la journée.

Vous verrez ! Qu'est-ce que vous aimez peindre ? demanda-t-il en attachant ensemble plusieurs toiles blanches.

– Je peins surtout des soleils, dit Raiponce en se remémorant le plafond de sa tour, joliment décoré d'un immense soleil.

Je n'ai jamais peint de beaux paysages comme vous le faites.

–J'ai peint toutes sortes de trucs, dit l'artiste.  Venez, je vais vous montrer ma collection privée.

Il entraîna Raiponce, Flynn et Pascal vers l'arrière-boutique.

– Chacune de ces piles provient d'un endroit différent, expliqua Roberto. J'ai fait le tour du monde avant de m'installer dans ce village.

Flynn parcourut une pile de toiles. Il en sortit une qui représentait une pyramide d'Égypte.

– Vous êtes allé dans le désert ? demanda-t-il à l'artiste.

– Oui, répondit Roberto. J'ai adoré ce voyage. Mais ça a pris un temps fou pour peindre ces pyramides.

– Encore plus pour les construire ! dit Flynn en riant.

—Le détail est stupéfiant, dit Raiponce en s'approchant de la toile que tenait Flynn. Vous avez la main très sûre.

—Ce n'est qu'une question de technique, dit Roberto humblement. Je peux vous enseigner comment y parvenir.

Une superbe toile représentant un vaste océan bleu retint l'attention de Raiponce.

– Qu'est-ce que c'est que cet endroit ? demanda-t-elle.

On y voyait des bateaux colorés et un port fourmillant d'activité.

—C'est là d'où je viens, en Italie, dit Roberto. C'est un village de pêcheurs. Je m'étais installé sur la colline derrière ma maison quand j'ai peint cette toile.

—Voilà une falaise de laquelle je ne voudrais pas sauter, dit Flynn

en montrant du doigt
l'escarpement prononcé.

–Oui, dit Roberto.
Il y a beaucoup de falaises
de ce genre, dans mon
village. Elles offrent une
vue magnifique.

–Ça, je connais bien,
dit Raiponce.

La plupart de ses propres œuvres étaient peintes d'un point de vue tout en hauteur ! En observant la scène peinte par Roberto, Raiponce ne put s'empêcher de se mettre à rêver. Ce magnifique endroit existait vraiment.

Ce n'était pas qu'une image tirée d'un livre.

— Ce que j'aimerais voyager comme vous l'avez fait, Roberto ! dit-elle en soupirant.

— Une aventure à la fois, d'accord, blondinette ? se moqua Flynn.

Raiponce ne répondit
pas. Elle regardait
Roberto qui, lui aussi,
semblait perdu dans
ses pensées, les yeux
sur le tableau.

– Votre pays vous
manque, n'est-ce pas ?
lui dit-elle.

—En effet, répondit
lourdement Roberto.
Je n'ai pas les moyens
d'y retourner.
Peut-être qu'un jour
j'aurai la chance
d'y remettre les pieds…
et d'y peindre encore.

Pascal sauta sur une petite table où était exposée une œuvre très colorée. Il prit une pose dramatique puis avança lentement, changeant de couleur à chaque pas.

– Oh, Pascal ! dit
Raiponce en rigolant.
Tu es le maître incontesté
de la couleur ! Quel
camouflage !

Elle regarda attentivement
la toile près de laquelle
Pascal s'était posé.

—Et quel est cet endroit enchanté? demanda-t-elle.

Une belle rivière bleue traversait un champ rempli de fleurs. L'œuvre était si vivante que Raiponce pouvait presque capter le parfum des roses et sentir la chaleur du soleil sur son visage.

—C'est justement la clairière où je souhaite vous emmener, dit Roberto. De tous les endroits que j'ai visités, ce royaume possède les plus jolis paysages.

Pascal sauta de nouveau devant la toile. Cette fois, il prit toutes les couleurs de l'arc-en-ciel.
Il eut l'impression soudaine de se transformer en un bouquet coloré.

—Fabuleux ! s'écria Roberto.

—Un vrai m'as-tu-vu, oui !
se moqua Raiponce.

Elle prit Pascal dans ses
mains et lui colla un bisou
sur le nez.

—Nous devrions y aller,
dit Flynn en jetant un
coup d'œil par la fenêtre.

Vous devez avoir le temps de faire mon portrait, Raiponce.

—Ne vous inquiétez pas, dit-elle en faisant un clin d'œil à Pascal. Je vais vous peindre quelque chose de vraiment spécial.

–Nous avons tout ce qu'il nous faut ! dit Roberto. Allons-y avant que le soleil ne commence à descendre. Ce sera une expérience extraordinaire ! conclut-il en se frottant les mains.

– J'ai si hâte ! dit

Raiponce, tout emballée.

Elle était prête pour

sa première leçon.

Chapitre quatre

Maximus leva la tête
quand s'ouvrit la porte
de la galerie d'art.

Raiponce s'élança vers lui et lui caressa le cou.

—Nous allons à la clairière, dit-elle. Roberto veut bien m'offrir une leçon d'art.

Maximus secoua la queue. Il n'était pas sûr de comprendre pourquoi Raiponce était si heureuse, mais il était bien content de la voir sourire.

La porte de la boutique s'ouvrit de nouveau, laissant passer Flynn et Pascal, les bras chargés de matériel. Pascal tenait une boîte de pinceaux plus grosse que lui !

Roberto sortit à son tour, s'arrêta, puis installa sur la porte une affichette sur laquelle on pouvait lire *Parti peindre* !
Puis il verrouilla la porte.

– Suivez-moi !
annonça-t-il.

–Je suis certaine que tu trouveras de l'herbe fraîche à mâchouiller dans la clairière, dit Raiponce à Maximus, comme pour l'encourager à les suivre.

Maximus leva le nez.

La carotte qu'il venait de déguster était délicieuse, mais cette clairière lui sembla soudain être très invitante. Cela dit, il ne laisserait pas son appétit le distraire de sa tâche : surveiller Flynn.

Il se mit en marche derrière le groupe.

–Ce n'est pas très loin
du village, dit Roberto.
Il y a un raccourci juste
ici, derrière la boutique.

Ils suivirent Roberto le
long d'un escalier très
à pic. La descente fut
difficile pour Maximus,
mais il parvint tout de
même à les suivre.

–C'est encore loin ?
demanda Flynn.

Ses bras le faisaient souffrir
et il n'arrivait pas à bien
voir au-dessus de la pile
de matériel qu'il devait
trimballer. Pour ajouter
à son fardeau, Raiponce
venait de lui remettre la
boîte de pinceaux de Pascal.

– C'est juste là, après ce tournant, dit Roberto par-dessus son épaule.

Raiponce s'approcha de Flynn. Si ce dernier n'avait pas grimpé jusqu'en haut de sa tour, rien de tout ça ne serait arrivé !

Elle se tourna vers lui.

−J'ai décidé de faire
votre portrait en premier,
dit-elle en souriant
malicieusement.
Je veux vous offrir
un cadeau.

– Merci, dit Flynn, en luttant pour conserver son équilibre.

Pascal grogna. Malgré toutes ces années d'amitié, Raiponce allait peindre ce Flynn en premier ?

– C'est tout droit, dit
Roberto. Juste après
cette colline.

– Une colline ?
se plaignit Flynn,
qui n'en pouvait
déjà plus.

Raiponce partit à
la course. Elle était
trop emballée pour se
contenter de marcher.
En arrivant en haut
de la colline, elle retint
son souffle. La clairière
était en fleurs. Elle
avait l'impression d'être
soudainement projetée

dans l'une des œuvres
de Roberto !

– Magnifique !
s'exclama-t-elle.

Elle tourna sur
elle-même pour bien
voir toute la scène
qui s'offrait à elle.

Puis elle ferma les yeux
un instant et tendit
son visage vers le soleil,
inspirant profondément
de grandes bouffées
d'air frais. Elle agita
ses orteils dans l'herbe
fraîche.

–Ça vous plaît ?
demanda Roberto.

– J'adore cet endroit !
dit-elle. C'est merveilleux.
Les couleurs sont sublimes !

– Commençons,
dit Roberto.

Il prit les chevalets des
mains de Flynn, les mit
sur pied et posa sur chacun
une toile neuve.

—Rien ne vaut une
belle toile blanche,
dit-il avec contentement.
Ça offre tant de
possibilités…

Raiponce prit une boîte
de pinceaux et s'appliqua
à composer sa palette de
couleurs.

–Il y a différents types
d'œuvres, expliqua Roberto.
Il y a d'abord les paysages,
qui dépeignent les scènes
qui vous entourent.
Vous pouvez aussi faire
le portrait de quelqu'un
ou encore des natures
mortes, en peignant des
fleurs ou des fruits.

Pascal et Flynn se mirent à bâiller, tandis que Maximus était déjà bien affairé à grignoter les herbes délicieuses qui poussaient à ses pieds. Raiponce, quant à elle, était très attentive à tout ce que lui disait Roberto.

Elle ne voulait pas
manquer un seul mot
de cette première leçon.

– Vous devez d'abord
déterminer ce qui vous
passionne, dit Roberto
en levant le bras vers
la montagne.

Voulez-vous peindre
le décor ou aviez-vous
autre chose en tête ?

—Je veux tout peindre !
s'écria Raiponce.

—Une toile à la fois, dit
Roberto en riant. Commen-
çons par un paysage simple,
voulez-vous ?

Raiponce trempa son
pinceau dans
la peinture verte.
Elle avait passé
de nombreuses
heures à observer
la forêt depuis
la fenêtre de sa tour.

Elle avait fait plusieurs
toiles représentant la
vue qui s'offrait à elle de
là-haut. Elle fit danser
son pinceau sur la
toile avec beaucoup de
doigté. Une douce brise
soufflait, et Raiponce fut
reconnaissante que ses
cheveux fussent encore

tressés. Elle n'aurait pas voulu les voir emmêlés à son travail !

Quand elle fut satisfaite de ce qu'elle avait peint, elle tourna la toile pour la montrer à Roberto.

– Bravo ! s'écria-t-il. C'est très bien.

J'aime comment vous
avez peint les arbres et
le soleil. Vous pourriez
ajouter des ombrages,
ici et… juste ici.

–Merci,
dit Raiponce.

Quand elle eut fini ses
retouches, elle leva les
yeux et vit que Pascal
et Flynn s'étaient
endormis au soleil.
Même Maximus clignait
de l'œil. Elle soupira.
Sa passion pour l'art
ne semblait pas être
partagée.

—Essayons un portrait, maintenant, suggéra Roberto.

À ces mots, Pascal ouvrit les yeux. Il se leva d'un bond et observa Raiponce installer une deuxième toile sur son chevalet. Mais elle n'avait d'yeux que pour Flynn !

—Flynn, dit doucement Raiponce.

Comme celui-ci ne bougeait pas d'un poil, elle adressa un sourire entendu à son ami Pascal. Elle s'approcha de Flynn, colla sa bouche à son oreille et hurla :

– Debout, les paresseux !

Flynn sursauta.

– Laissez-moi ! cria-t-il.
Je suis innocent !

À sa grande surprise, il n'était pas poursuivi par les gardes du palais royal, loin de là. Il sourit, embarrassé par sa réaction. Puis, il se tourna vers Raiponce et fronça les sourcils.

– Je ne l'oublierai pas, celle-là.

—Assoyez-vous sur ce
rocher, lui dit Raiponce.
La lumière est parfaite
à cet endroit.

—Sur ce rocher ? dit
Flynn, le nez plissé.
Ce rocher, dur et froid ?

Raiponce fronça les sourcils à son tour et elle pointa le rocher, impérative.

– D'accord, d'accord, concéda Flynn, se rappelant clairement la poêle, un des moyens de persuasion de la jeune femme.

 137

Pascal grimpa à son tour sur le rocher. Mais le gris ne lui allait pas du tout. Il tenait à faire bonne impression, alors il prit une jolie teinte verte. Mais, comme le soleil l'aveuglait, il crut bon redescendre par terre. Seulement, en vert sur la pelouse, Raiponce ne le verrait pas... Il changea tout de suite pour un rouge vif.

– Pascal ! cria Raiponce. Si tu n'arrêtes pas de changer de couleur et de position, je ne pourrai jamais peindre Flynn correctement.

Pascal leva la tête. Encore
Flynn ! Et lui ? Il pourrait
au moins figurer dans
le portrait ! Il émit un
grognement sourd et alla
se terrer derrière un arbre
pour bouder.

Raiponce ajouta de la
peinture sur sa palette,
puis leva les yeux.

–Flynn, qu'est-ce
que vous faites ?
demanda-t-elle.

Flynn agitait
compulsivement les bras
au-dessus de sa tête.

–Je vais l'avoir, cette
bestiole ! grommela-t-il.

Il essayait en vain de se débarrasser d'une mouche qui lui bourdonnait dans les oreilles.

– Je ne peux pas faire votre portrait si vous bougez sans arrêt, dit Raiponce. Pouvez-vous vous asseoir et rester immobile ?

Maximus hennit et dévisagea Flynn.

Il se demandait si Flynn parviendrait à s'asseoir sans bouger assez longtemps pour que Raiponce puisse le peindre. Il en doutait fortement.

–Le coup de pinceau le plus délicat est toujours le premier, dit Roberto en épongeant son front avec un mouchoir. Vous devez saisir l'instant pour que votre portrait soit réussi.

Raiponce était
déterminée à réussir ce
tableau. Elle mélangea
délicatement un peu de
brun et de doré, pour
commencer les cheveux
du jeune homme.
Elle adorait travailler
en plein air. Raiponce
n'avait jamais imaginé

à quel point la lumière du soleil pouvait changer ses perspectives. Quand elle leva le regard pour évaluer la longueur des cheveux de son modèle, elle le vit encore une fois profondément endormi.

La mouche s'était posée sur son nez, et la bouche de Flynn était grande ouverte. Il se mit soudain à ronfler bruyamment.

Raiponce étouffa un rire. Elle ne voulait pas réveiller Flynn. Du moins, pas tout de suite !

Elle trempa le bout
de son pinceau dans
la peinture noire et
dessina la mouche sur
le nez de Flynn. Elle fit
de gros efforts pour ne
pas éclater de rire en
peignant.

Quel drôle de portrait ce serait ! Roberto lui avait conseillé de saisir l'instant. Eh bien, c'est exactement ce qu'elle avait l'intention de faire !

Chapitre cinq

– Oh ! s'exclama
Roberto. Cette œuvre
est magnifique !

Raiponce était très
heureuse des compliments
de Roberto. Elle poussa
un petit cri de joie et,
du coup, réveilla son ami
endormi.

—Je suis innocent !
s'écria Flynn en sautant
sur ses pieds.

—Flynn, vous vous êtes encore endormi, lui dit Raiponce en riant.

—Ce doit être le grand air, dit-il. Au moins, cette fois, vous ne m'avez pas hurlé dans les oreilles.

Il s'approcha de
Raiponce et contempla
la toile. Puis il sourit.
Raiponce l'avait peint
bouche ouverte, avec
une mouche sur le nez.

–C'est très ressemblant,
dit Roberto.

–J'ai tenté de saisir
l'instant, dit Raiponce
en souriant à son tour.
Et j'ai veillé à ce que
vous n'avaliez pas la
bestiole, dit-elle pour
rassurer Flynn.

Flynn ne put s'empêcher d'en rire. Le portrait était réussi. Il s'inclina devant Raiponce.

– Je l'ai bien mérité, concéda-t-il. Et je dois admettre que vous avez du talent.

Raiponce alla tout de suite chercher une autre toile blanche.

– Je veux continuer à peindre, dit-elle. Roberto, tout est parfait. J'adore cet endroit et, vous aviez raison, la lumière est idéale. Je suis comblée !

Raiponce leva les yeux
et vit Maximus. Son
pelage brillait au soleil.
Elle prit un pinceau
et amorça sa nouvelle
œuvre. Flynn vint
s'installer près d'elle.

– Voulez-vous essayer de
peindre aussi ? proposa
Roberto à Flynn.

– J'ai de nombreux talents, dit Flynn en riant, mais je ne suis pas un artiste. Absolument pas !

– Il est davantage doué pour les siestes, rétorqua Raiponce en rigolant.

Maximus leva son museau, heureux de voir

que Raiponce avait été distraite de son nouveau projet.

Raiponce retrouva vite sa concentration et sa détermination.
Elle mélangea les couleurs jusqu'à ce qu'elle obtienne la teinte exacte de l'animal.

—Nous devrions rentrer
bientôt, dit Flynn en
faisant les cent pas
derrière Raiponce.
Il se fait tard.

Raiponce ne voulait pas
partir, mais elle savait que,
bientôt, le soleil allait se
coucher et que ce serait
le moment de l'envol

des lanternes. Pour rien au monde elle n'aurait voulu manquer ça.

—Pascal ! appela Raiponce. J'ai ici les boîtes que tu dois rapporter.

Pas de réponse.

Elle regarda partout autour et fronça les sourcils. Aucune trace de son ami coloré.

–Mais où est-il passé ? dit-elle. Avez-vous vu Pascal ? demanda-t-elle à Flynn et Roberto.

—Non, je ne l'ai pas vu, répondit Flynn, l'air absent, occupé qu'il était à rassembler le matériel. Il était assis derrière cet arbre, il n'y a pas si longtemps.

Mais le caméléon n'y était plus.

– Toi, Maximus, tu l'as vu ? dit Flynn en s'approchant du cheval.

L'animal secoua la tête.

Raiponce se mit à quatre pattes pour chercher son caméléon.

– Reviens, Pascal ! dit-elle. S'il te plaît !

Le caméléon n'était
nulle part. Raiponce
commençait à s'inquiéter.
Elle s'assit sur le gros
rocher.

—Il s'est peut-être perdu,
dit-elle. Il n'est jamais
sorti de la tour. Il ne
connaît pas les environs.

À la seule pensée de son
petit caméléon perdu dans
la vaste clairière, ses yeux
s'emplirent d'eau.

Il devait être effrayé,
le pauvre !

—Pascal ! s'écria Flynn.
Nous partons !

—Nous n'irons nulle part
avant de l'avoir retrouvé,
dit Raiponce. Nous ne
partirons pas sans lui.
C'est mon ami !

—Il est peut-être allé voir le ruisseau, suggéra Roberto.

Raiponce courut vers le cours d'eau. Elle parcourut des yeux toute la rive, mais ne vit pas son ami. Flynn se joignit à elle, mais lui non plus n'aperçut pas le petit caméléon.

—Pascal a tendance à être jaloux, expliqua Raiponce à Flynn. Et quand il devient vert de jalousie, il peut être vraiment difficile à repérer.

—Surtout dans cette clairière… on ne peut plus verte ! dit Flynn.

—Séparons-nous pour le chercher, dit Raiponce.

Elle était convaincue que le spectacle des lanternes de ce soir ne serait pas aussi impressionnant si Pascal n'était pas là pour partager ce moment avec elle. Elle leva les yeux au ciel et vit que le soleil déclinait. Ils devaient à tout prix le retrouver… et vite !

Chapitre six

*T*andis que le soleil continuait sa lente descente, Raiponce, Flynn et Roberto fouillaient la

clairière à la recherche
de Pascal. C'était déjà
difficile de trouver un
petit caméléon dans
une si grande clairière;
si, en plus, ce caméléon
ne voulait pas être
trouvé, la mission
relevait de l'impossible.

—Pascal est doué pour
se cacher, dit Raiponce.
Une fois, dans la tour,
il était si fâché contre
moi qu'il est resté caché
une journée entière.

—C'est un talent rare,
dit Flynn.

Avec tous ces gens constamment à ses trousses, si seulement il pouvait posséder ce don, lui aussi ! Ça lui serait très utile.

– Je vous en supplie, dit Raiponce à Flynn et Roberto. Il faut continuer de chercher.

Je suis certaine qu'il n'est plus très loin.

Le groupe poursuivit donc ses recherches. Même Maximus participa; il mit son nez au sol et renifla pour tenter de repérer la petite bête.

Flynn était certain
d'avoir résolu l'énigme
quand il se pencha
et regarda sous un
petit buisson. Il crut
pouvoir mettre la main
sur l'animal quand un
écureuil se faufila entre
ses jambes et s'enfuit.

Raiponce, elle, regardait
au pied de tous les arbres
et sous tous les arbustes.

Elle était persuadée,
du plus profond de son
cœur, que Pascal était
tout près.

Si seulement elle
pouvait l'apercevoir...
Mais arriver à trouver
Pascal dans cette
clairière, c'était
comme tenter de

trouver une minuscule pince dans ses si longs cheveux !

– Raiponce, dit Roberto en s'appuyant sur un arbre. Je crois que votre grenouille ne veut pas qu'on la trouve.

–C'est un caméléon,
dit Raiponce en
s'assoyant par terre.
Moi, je ne crois pas
qu'il partirait sans me
dire au revoir.
C'est mon meilleur
ami, ajouta-t-elle,
les larmes aux yeux.

Il doit être très en colère contre moi, conclut-elle en un sanglot étouffé.

Roberto et Flynn lui tendirent aussitôt chacun un mouchoir. Flynn présenta le sien avec élégance, mais Raiponce remarqua que le mouchoir était brodé

des initiales de quelqu'un d'autre. Flynn sourit, embarrassé.

– Je l'ai sans doute trouvé en train de sécher sur une corde à linge, dit-il.

Raiponce prit le mouchoir de Roberto.

—Oh, ma chère, dit-il, sincèrement empathique. Comme c'est malheureux.

—Pascal et moi avons eu beaucoup de plaisir ensemble, dit-elle avant de se moucher bruyamment. Je n'aurais jamais survécu sans lui, seule dans ma tour.

C'est vraiment
un bon ami.

On entendit soudain
un bruissement dans
l'arbuste juste derrière
Raiponce. En un éclair,
Pascal, maintenant
vert pâle, sauta sur les
genoux de son amie.

– Pascal ! s'écria Raiponce.

Elle le prit et l'embrassa
sur le front. Pascal vira
au rouge et se blottit
contre la joue de
Raiponce.

– Je suis si heureuse que
tu sois revenu ! dit-elle.

Qu'est-ce que je ferais,
sans toi ?

Le petit caméléon roula
les yeux, et s'appliqua
à mimer quelqu'un
en train de peindre,
puis il pointa Flynn
et Maximus en faisant
la grimace.

Raiponce comprit tout de suite le message que son ami voulait lui transmettre.

– Tu étais jaloux parce que j'ai peint Flynn et Maximus ? demanda-t-elle en lui flattant la tête. Tu t'inquiètes pour rien, mon petit caméléon préféré.

Je te l'ai dit, tu es mon meilleur ami.

—Oui, nous en sommes tous témoins, dit Flynn.

—Pascal, reprit Raiponce. Je suis désolée si je t'ai blessé. Ce n'était pas mon intention.

Tout tableau où tu apparaîtrais serait un véritable chef-d'œuvre.

–Je ne veux surtout pas interrompre vos déclarations d'amour, chère blondinette, mais il serait temps de rentrer, dit Flynn.

Raiponce vit que le soleil avait presque disparu derrière la montagne.

– Oui, nous devons y aller, dit-elle.

– Juste un instant, dit Roberto. Juste un petit détail…

Raiponce ne s'était pas rendu compte que, tout au long de sa discussion avec Pascal, Roberto s'était remis à peindre. Elle s'approcha de l'artiste pour admirer son tableau.

Il avait peint un superbe portrait d'elle avec Pascal !

–Oh, Roberto !
s'exclama-t-elle.
C'est magnifique !

–Je vous l'offre, dit-il.
C'est mon cadeau
pour Pascal et vous.
Il s'intitule *Deux amis*
dans la clairière.

J'espère que vous le suspendrez dans votre tour. Je serais très heureux que vous le rapportiez à la maison comme un souvenir des beaux moments que nous avons vécus aujourd'hui.

Raiponce prit la toile. Les couleurs chaudes et vibrantes du coucher de soleil créaient un arrière-plan fabuleux.

– Faites attention ! dit Roberto. La peinture n'est pas encore sèche.

–Je sais exactement
où je pourrais l'installer,
dit Raiponce. Je vous
remercie infiniment.
Vous avez été si gentil.

Elle remit le tableau
à Flynn et prit Roberto
dans ses bras.

—C'est le plus beau
cadeau qu'ont m'ait
jamais offert, dit-elle.
J'en prendrai grand soin
et je le chérirai toujours.

Pascal mit ses petites
mains sur son cœur et
s'inclina. Lui aussi voulait
remercier le peintre.

Roberto l'avait peint avec un superbe mélange de couleurs, de façon à ce qu'il paraisse hyper coloré.

Roberto fit un grand sourire, puis ramassa ses pinceaux et ses tubes de peinture.

—Retournons au village, dit Flynn.

—Oui, acquiesça Raiponce. Retournons au village… tous ensemble !

Chapitre sept

Raiponce se laissa
tomber sur une chaise
dans la galerie de Roberto.

Pascal était perché sur son épaule. Flynn accrochait les œuvres de Raiponce dans la boutique.

—Je reviens dans une minute, dit Roberto depuis l'arrière-boutique. Je prépare du thé.

C'est ce que je préfère
après une journée passée
à peindre.

–Merci, dit Raiponce.
Vous en avez déjà
tellement fait pour nous.

Elle regarda un à un
les tableaux qu'elle avait
peints, puis soupira

de bonheur. « Quel après-midi merveilleux », pensa-t-elle.

– C'est pas mal pour une seule journée, dit Flynn en accrochant le dernier tableau.

– Merci, répondit-elle.

—Chère blondinette,
je n'arrive pas à croire
tout ce que vous avez
peint aujourd'hui, lui dit
Flynn en souriant.

—C'est parce que j'ai fait
la plupart des tableaux
pendant que vous dormiez,
rétorqua Raiponce en
rigolant.

209

– Très drôle, dit Flynn,
sarcastique. Vous savez,
toutes ces journées
d'aventure, ça vous
fatigue un homme !

Pascal appuya sa tête sur
l'épaule de Raiponce.
Homme ou pas, il était
d'accord avec Flynn.

Il était épuisé. Tous ces changements de couleur et ces cachettes dans la clairière l'avaient lessivé.

Au même instant, la clochette de la porte du magasin retentit et une vieille femme entra. Elle était vêtue de riches vêtements et tenait à la

main une sacoche sertie
de pierres.

– Voyez-vous ces jolies
toiles ! dit-elle en circulant
dans la galerie, puis elle
s'attarda devant les
œuvres de Raiponce.
Celles-ci n'ont pas été
peintes par Roberto,
dit-elle.

–Effectivement, dit Flynn en s'approchant de la dame. C'est une artiste qui était de passage. Elle est vraiment talentueuse.

Il se tourna vers Raiponce et lui fit un clin d'œil.

La dame prit ses lunettes pendues à son cou,

accrochées à un fil perlé, puis les déposa sur le bout de son nez. Elle s'approcha de la toile représentant Maximus.

Raiponce se tourna vers Flynn. Elle ne comprenait pas exactement ce que faisait la dame.

–Ce cheval est parfait,
dit-elle avant de reculer
puis d'incliner la tête.
Les coups de pinceaux
sont précis, et j'adore
le choix des couleurs
de l'arrière-plan. Est-ce
bien le cheval que j'ai vu
dehors ? demanda-t-elle
à Raiponce.

–Oui, c'est le même,
répondit Raiponce.
Il s'appelle Maximus.

—C'est du travail magnifique, dit la dame.

Elle fit une longue pause, puis se tourna à nouveau vers Raiponce.

—Je suis madame Devina, dit-elle. Vous travaillez ici?

Raiponce aurait souhaité se cacher derrière ses cheveux, mais ils étaient encore tressés bien serrés.

—Euh… À vrai dire, non, dit-elle courageusement.

—Qui a peint cette toile ? demanda-t-elle. J'exige de le savoir.

—Je me nomme Raiponce,
dit-elle en se levant.
C'est moi qui ai peint
ce tableau.

—Ma foi ! s'exclama
madame Devina.

Elle enleva ses lunettes
et regarda Raiponce
de la tête aux pieds.

— Vous êtes réellement douée, ma petite, dit-elle. Je dois absolument avoir cette toile chez moi. J'adore les chevaux, et cette œuvre, en particulier, capture l'essence de l'animal de façon magnifique.

La sacoche que madame Devina portait à l'épaule se mit soudain à frémir. Puis une petite tête velue en sortit. Le chat caché dans le sac s'était fait un chemin par un trou sur le côté de la sacoche.

Pascal fut le premier
à remarquer le chat.
Il sauta sur le bord de
la fenêtre. Il n'aimait
pas voir remuer ce
petit nez !

Le chat vit Pascal à
son tour et bondit
hors du sac. Dès qu'il
voyait quelque chose

bouger, il se lançait à sa poursuite !

Pascal bondit sur un banc près de l'autre fenêtre. Raiponce tourna rapidement sur elle-même pour voir ce qui se passait.

Le mouvement fit voler
sa lourde tresse qui frappa
madame Devina en plein
visage ! La pauvre dame
retomba sur une chaise
derrière elle.

Roberto entrait au même
moment, les mains
chargées d'un plateau
garni d'une théière et de

tasses. Il faillit renverser le plateau quand le chat lui fila entre les jambes.

—Mais que se passe-t-il ici ? dit Roberto.

—Bonté divine ! s'exclama la dame en portant la main à son cœur. Qu'est-il arrivé ?

–Une classique partie
de chasse,
dit Flynn en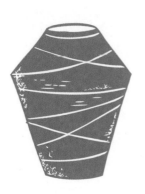
jetant un œil
à Pascal.

Flynn savait exactement
comment se sentait
la petite bête. Être
constamment poursuivi,
c'était vraiment épuisant.

Il avança la main afin que Pascal puisse y sauter.

–Caramel ! cria madame Devina. Arrête ce manège tout de suite ! dit-elle en agitant le doigt en direction de son chat roux. Reviens illico dans ton sac et cesse de me causer des ennuis.

Pascal atterrit dans la main de Flynn et sourit alors que Caramel retrouvait sa maîtresse, la queue entre les jambes.

Madame Devina replaça son chat dans le sac, puis se tourna vers Raiponce.

—Je suis désolée, dit-elle. J'espère que votre petit compagnon n'est pas trop effrayé. Caramel ne ferait pas de mal à une mouche.

Raiponce sourit. Elle regarda le petit chat. Peut-être voulait-il seulement partir à l'aventure, lui aussi.

Chacun méritait bien
une petite escapade
de temps en temps.

– Il n'y a pas de mal,
dit-elle gentiment.

Elle s'avança vers
la toile convoitée et
la décrocha.

–Si vous aimez
ce tableau, dit-elle,
alors il est à vous.

–Un instant, dit Roberto.
Les artistes ne donnent
pas leur art, ils le vendent,
ma chère !

—Oui, dit madame Devina en souriant. Je serais heureuse d'acheter cette œuvre. Je suis convaincue que, comme la plupart des artistes, vous aurez bien besoin de cet argent.

Raiponce n'en crut pas ses oreilles. Quelqu'un voulait acheter l'une de ses œuvres ! Elle ne savait pas quoi dire. Que devait-elle faire avec cet argent ?

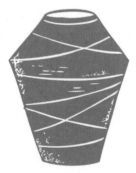

Elle regarda Roberto comme pour lui demander quoi répondre, serrant très fort sa longue tresse contre elle. Tout ça lui semblait trop beau pour être vrai.

Chapitre huit

Madame Devina
s'approcha de Raiponce.
Elle déposa son sac sur la
petite table juste à côté,

puis prit les mains
de la jeune femme.

– Vous avez un talent
exceptionnel, ma chère,
dit-elle avant de jeter
un œil à sa singulière
chevelure. Et, je dois
le dire, une quantité
phénoménale
de cheveux !

– Merci, dit Raiponce,
en tapotant sa tresse.
Je n'ai pas l'habitude de
peindre pour les autres.

– Eh bien, dit madame
Devina, nous devrions
organiser une fête pour
célébrer ça !

–Excellente idée, madame ! dit Roberto en tapant des mains. Nous ferons un vernissage officiel pour exposer vos œuvres, Raiponce. Allons, décorons la galerie !

– C'est que…

commença Raiponce.

Je dois partir. Je n'ai pas

le temps.

Roberto et madame

Devina étaient

déjà affairés.

Rien ne semblait

pouvoir les arrêter !

—Je vais aller voir
Katherine et Margot,
dit madame Devina.
Elles feront en sorte
que tout le monde soit
là pour la fête.

—Je vais demander
à George de préparer
des pâtisseries,
ajouta Roberto.

Une fête sans gâteries
n'est pas une vraie fête !

Raiponce se tourna
vers Flynn. Celui-ci
haussa les épaules.
Ils arriveraient quand
même à temps pour
les lanternes…
s'ils se dépêchaient.

En quelques instants à peine, la boutique s'était transformée, sous leurs yeux, en une véritable salle de réception. La décoration, la nourriture, les invités… tout y était !

–Le premier
vernissage d'un
artiste est toujours
le plus mémorable,
dit Roberto à Raiponce.

Il lui tendit un verre
de limonade et un
chou à la crème arrosé
de chocolat.

– Vous voilà devenue
une vraie artiste
professionnelle ! dit-il.
Félicitations !

– Merci, dit humblement
Raiponce.

Elle prit une bouchée
de sa pâtisserie.

Elle n'avait jamais rien mangé d'aussi bon. Cette fête était bien plus amusante qu'elle n'aurait pu l'imaginer.

— Flynn, c'est extraordinaire, lui murmura-t-elle.

Pascal et lui se tenaient à proximité du buffet. Flynn se lécha les doigts.

— Ces choux à la crème sont délicieux, dit Flynn. Pas de doute, Roberto sait recevoir !

—C'est la première fois
que j'assiste à une fête,
admit Raiponce, gênée.

—Pas de fête
d'anniversaire dans la
tour ? demanda Flynn,
les sourcils levés.

–Non, répondit-elle tristement. Il n'y a que Mère Gothel, Pascal et moi.

Pascal leva la tête et acquiesça. Puis il tendit la patte et enfourna un autre chou à la crème dans sa gueule.

Il se frotta le ventre de contentement et sourit.

–Et voici l'artiste, dit Roberto en présentant Raiponce à un ami. Raiponce, je te présente le libraire. Il aimerait acheter une de tes œuvres.

Raiponce souriait
tellement que ses joues
la faisaient souffrir !

Elle n'arrivait toujours pas à croire que ses toiles plaisent tant aux gens.

–C'est le vernissage le plus réussi que j'ai jamais organisé ! dit Roberto. Nous avons vendu toutes tes œuvres.

Il ouvrit une petite caisse
remplie de pièces d'or.
Il l'offrit à Raiponce.

—Vous l'avez grandement
mérité, dit-il.

—Je vous en prie, dit
Raiponce. Gardez-le.
Cet argent vous revient.

D'abord pour le cours que vous m'avez donné et, ensuite, pour tout ce que vous avez fait pour moi. Cette journée était tout simplement inoubliable.

—Hum, dit Flynn, les yeux écarquillés. Vous savez, peut-être que je devrais gérer cet argent pour vous. Je pourrais acheter un joli cadeau pour remercier Roberto… et conserver le reste.

Pascal vira au rouge. Il tapa du pied.

Raiponce secoua la tête.

—Je veux qu'il puisse
rentrer chez lui, dit
Raiponce. Vous devez
peindre la côte italienne,
ajouta-t-elle en se
retournant vers Roberto.
Je vous en prie,
acceptez cet argent.

–Vous me permettez
de réaliser mon rêve !
dit Roberto, bouleversé,
avant d'éclater en
sanglots.

–Pourquoi pleurez-vous ?
demanda Raiponce,
inquiète. Est-ce que je
vous ai offensé ?

–Ce sont des larmes de joie, ma chère, dit madame Devina en tendant un mouchoir à son ami Roberto. Raiponce, vous rendez Roberto extrêmement heureux.

—Et que faites-vous de votre rêve, Raiponce? demanda doucement Flynn.

Il jeta un œil dehors, alors que le ciel s'assombrissait. Il savait que les lanternes ne tarderaient pas à être lancées.

Roberto se dirigea vers une grande armoire au fond de la galerie. Il en sortit une petite boîte métallique.

– J'aimerais vous offrir cet ensemble de pinceaux, dit-il à Raiponce.

–Oh, Roberto ! s'exclama Raiponce. Vous m'avez déjà tellement gâtée.

Elle ouvrit la boîte et découvrit un assortiment de pinceaux de toutes tailles, dont les poignées étaient rouge clair et les embouts argentés.

Ces pinceaux n'avaient jamais été utilisés.

— Wow ! dit-elle simplement.

Elle en souleva un pour le montrer à Flynn.

— Je conservais ces pinceaux pour un projet spécial, dit Roberto.

J'aimerais vous les offrir.

Raiponce s'avança et prit
Roberto dans ses bras.
Elle le serra très fort.

– Je ne vous oublierai
jamais, dit-elle. Et je
garderai toujours de cette
journée un souvenir
merveilleux. Je conserverai

264

précieusement ces pinceaux, toute ma vie !

– Reviendrez-vous me visiter ? demanda Roberto.

– Oui, revenez nous voir, renchérit madame Devina.

Raiponce baissa les yeux.
Cette journée d'aventure
était déjà une grande
nouveauté pour elle.
Elle n'était pas rassurée
quant à la réaction de
Mère Gothel, quand
celle-ci apprendrait ce
qui s'était passé.

Si seulement Mère Gothel pouvait rencontrer Roberto... Elle comprendrait tout de suite à quel point il était aimable et généreux ! Si seulement elle pouvait lui expliquer comment lui et son amie, madame Devina, lui avaient organisé une somptueuse fête qui l'avait rendue si heureuse…

–Si Raiponce revient au village, elle viendra certainement vous voir, intervint Flynn.

Raiponce lui sourit de reconnaissance.

Il la prit par la main et l'entraîna vers la porte.

Raiponce, Flynn et Pascal quittèrent la galerie. Maximus les attendait pour les suivre jusqu'au canal.

Raiponce avait suivi Flynn pour voir les lanternes;

elle n'avait jamais espéré avoir d'autres surprises en cours de route. Et voilà qu'elle avait vendu ses toiles, comme une vraie artiste, et qu'elle s'était fait de merveilleux nouveaux amis.

Elle se tourna vers Flynn.

La vie lui avait fait de beaux cadeaux depuis que ce jeune homme s'était présenté sans être invité dans sa tour.

— Le premier arrivé au canal ! dit Flynn en partant au pas de course.

Raiponce regarda Maximus et lui sourit. Elle monta en selle avec Pascal sur son épaule et trotta jusqu'à Flynn.

– Voulez-vous réviser vos plans ? dit-elle en riant. En y repensant bien, cette scène ferait un bien joli tableau.

Elle donna un léger coup de talon, et Maximus fila comme l'éclair.

Flynn se lança à leur poursuite. Un petit quelque chose lui disait que ce n'était pas la dernière surprise que lui réservait Raiponce !

Ariel
Surprise d'anniversaire

Belle
Le message mystérieux

Cendrillon
La grande gaffe de Gus

Raiponce
Une journée mémorable

Surprise
d'anniversaire

La sœur d'Ariel célèbre
son anniversaire. Ce
sera une journée mer-
veilleuse, et Ariel est
impatiente de rendre
visite à sa famille. Elle regrette seulement que
le prince Éric ne puisse pas venir. Durant la
fête, Adella fait le vœu qu'Ariel reste dans
l'océan. À cet instant précis, une éclipse so-
laire se produit — c'est un phénomène rare —
et le vœu d'Adella est exaucé ! Ariel pourra-
t-elle briser le sort, et retrouver Éric ainsi que
sa vie d'humaine ?

Le message mystérieux

Ce n'est pas toujours facile d'être prisonnière d'une terrifiante Bête, mais Belle essaie de ne pas se laisser abattre. Il y a tant à découvrir dans cet immense château qui abrite, entre autres, une fabuleuse bibliothèque. L'exploration devient d'autant plus intéressante quand Belle déniche un message secret caché dans un livre; elle comprend alors qu'elle est sur la piste d'un mystère vieux de plusieurs années! Belle arrivera-t-elle, avec l'aide de Lumière le chandelier, Big Ben l'horloge et Zip la petite tasse de thé, à résoudre cette énigme?

La grande gaffe de Gus

Gus, le nouvel ami de Cendrillon, lui offre un joli bouquet de roses. Malheureusement, Cendrillon a de sérieux ennuis, car les fleurs provenaient du jardin de Lady Trémaine ! Cendrillon emmène donc Gus au village pour acheter un nouveau rosier, sans se douter que c'est jour de foire. Dans l'énervement, Gus renverse un énorme gâteau fait spécialement pour la famille royale ! Heureusement, Jaq, Luke, Perla et toutes les autres souris mettront la main à la pâte pour créer un autre merveilleux dessert. Mais sera-t-il aussi bon qu'il en aura l'air ?

Rafaelle
Arsenault
3533
(514)-99
8)-4764)

Rafaelle Arsenault
(514)-998)4764